蘇菲的

奇幻之旅

SOPHIE'S FANTASTIC VOYAGE

獅鷲王之劍

序

　　各位親愛的讀者，感謝您們購買《蘇菲的奇幻之航4——獅鷲王之劍》。書中包含兩個短篇故事，對我來說是一個有趣的組合，因為兩者皆以「國王」為題，劇情卻截然不同——一個關於「小人物」；一個關於「大人物」。

　　《舞台上的國王》是一個「小人物」的故事。

　　它的主角是一個劇作家，其靈感來自我個人經驗——我亦是一個作家，有時難免會遇上靈感乾涸的窘況。我曾想過，如果我也能像蘇菲一樣，乘坐阿爾戈號出海冒險，說不定會文思如泉呢！於是《舞台上的國王》就誕生了。

　　至於《獅鷲王之劍》這個「大人物」的故事，則源自一個我很喜歡的古老傳說——大名鼎鼎的亞瑟王傳奇！故事中因而埋藏了不少改編自亞瑟王傳說的細節，如「獅鷲王之劍」，就是參考自亞瑟王的石中劍——「王者之劍（Excalibur）」。不知您們能不能找出其他的關連處呢？

燕男

蘇菲的奇幻之航

SOPHIE'S FANTASTIC VOYAGE

舞台上的國王

獅鷲王之劍

舞台上的國王

酒後豪賭

「我在人生每個分岔路口都做出了錯誤的選擇，最錯就是以為自己可以稱王稱帝，建立豐功偉業。看看如今的我！王冠只是雜草，黃金只是牛糞。哈！好一個不折不扣的國王！」

在木頭搭建的臨時舞台上，飾演主人公的演員頭戴草冠，高聲唸出最後一段台詞後，已一頭栽進堆在腳邊的污泥裏。他那浮誇滑稽的動作，惹來台下觀眾哄堂大笑。

「敬你這個錯得不折不扣的人生！」

傑森船長在人羣中舉起酒杯，醉醺醺地朝舞台大叫。他的話再度引起陣陣笑聲，那些本在

飲酒作樂的醉鬼都湊了過來，其中一人**興致勃勃**地問：「哎，你算是罵人還是讚人啊？」

「呃……都有。」傑森打了一個酒嗝。

「為甚麼啊？我覺得還蠻好笑的！」另一個醉鬼高聲應道。

「好笑是好笑，但故事橋段早就爛大街了好嗎？說甚麼一個**鄉巴佬出城**，以為可以拚出一番大事業，最後回鄉仍是**一事無成**。搞甚麼鬼啊！一點勁兒都沒有啊！」傑森把酒杯「啪！」的一聲砸回木桌子上。

「那麼，要怎樣才有勁兒呢？」

一個男聲冷不防地從背後響起。但傑森**醉眼昏花**，絲毫未察覺有人走了過來說話，他仰首把杯中酒一飲而盡，擦了擦嘴，向後面擺擺手答道：「就拿主人公出城後的戲來說吧，他必須有奇遇！奇遇才會**出人意表**，**引人入勝**！」

「哦，奇遇。」一隻手從背後伸過來，給傑森的空杯倒滿酒，「比如呢？」

「比如……」傑森搔了搔首，「主角出城後遇上一隻神奇的精靈？得到了各種神奇的法寶，從此他的命運就被神奇地改寫了。」

「聽上來真是曲折離奇，但除了『神奇』外，我聽不出何來奇遇呢。」

傑森誇張地再往背後擺擺手：「船長我的奇遇可多了，你不懂的啦！」

「啪啪啪啪！」背後響起了幾下響亮的掌聲，「原來你超凡脫俗，我們這些凡人當然不懂了。」

「可不是──」傑森猛地頓住，終於意識到對方是在諷刺自己。

他氣急敗壞地轉過頭，發現桌子對面不知何時已坐着一個男人，對方看來與自己年紀相

若，但一身打扮有別於四周醉醺醺的**粗野莽夫**，驟眼看來是個有文化的**讀書人**。

男人朝他舉了舉酒杯，似笑非笑道：「敬你的奇遇。」

「你……你誰啊！」傑森指着他大叫。

醉鬼們見狀**哈哈大笑**，其中一個在旁笑嘻嘻地搶着回答：「這是比利。他可厲害了，是個識字的聰明人，我們小鎮中惟一一個**劇作家**呢！」

「是『威廉』不是『比利』，謝謝。老漢斯，如果你能好好記住我的名字，我將會感激流涕。」威廉撇了撇嘴，轉向傑森咧出一口牙齒，「幸會，不才就是那個錯得不折不扣的作者。」*

「啊！」傑森恍然大悟。

「剛剛聽你自稱船長，不知可否請教尊姓大名？」威廉笑了笑，「也許你是『奇遇號』上的『神奇船長』？」

老漢斯和其他醉鬼馬上譁然大笑，傑森頓覺火氣衝頂。在怒火和酒精的雙重刺激下，他「刷」的一聲站起來大聲

嚷道：「我是阿爾戈號的傑森‧德雷克船長！我和兄弟們縱橫四海多年，奇遇自然多不勝數！我們遇見過桑樹精靈和瀑布水妖，看過從布中飛出來的巨鷹，還和夢魔搏鬥過！信不信由你們！」

醉鬼們捧腹大笑，顯然都將之當成戲言，倒是威廉好像頗感興趣似的，他俯身向前，微微地睜大眼說：「久聞阿爾戈號大名，據說是一間很有名的海上鏢局，專門替人運貨。」

「嘿，算你有見識。」傑森自豪地挺起胸膛，「阿爾戈號接下的託運，必定準時送達！」

「託運甚麼東西也成？」威廉問。

「不管是多稀奇古怪的東西，哼哼，我們

都能幫你成功運到目的地！」

威廉想了想，道：「**大名鼎鼎**的阿爾戈號船長，不如我們來打個賭。如果我輸了的話，就請你豪飲三天三夜。」

「賭甚麼？」傑森一愣。

「其實我一直想改寫剛才那齣戲的劇本，既然你常有奇遇，我就託你給我運來一次奇遇，也許我能從中取得靈感，為主角改寫命運，讓他的人生不再走錯軌。」威廉笑道。

「唔……」傑森困惑地低語。

「怎麼了？」威廉挑了挑眉，「你不敢賭？」

「賭就賭！怕你嗎？」傑森**不假思索**地叫道。

在場的人都在歡聲起哄，傑森攫過酒杯，一口氣把酒「咕嚕咕嚕」全都灌進肚裏，然後

指着威廉粗聲宣告：「這生意我阿爾戈號接下
了！我輸了的話……就拆掉阿爾戈號的船牌，
給你當柴燒！」

　　「那我就拭目以待了。」威廉笑着朝他高
舉酒杯，亦一飲而盡。

押運奇遇

「親愛的船長，你就這樣把我們的船牌當柴賣了？」

阿爾戈號的後甲板上，大副艾佛列靠在欄杆上抱臂冷笑。垂頭喪氣的傑森自知理虧，他求助似的望向站在甲板另一邊的蘇菲、小彼得

和水手長鐵塔。

蘇菲聳聳肩，表示愛莫能助。鐵塔則木無表情地看著他，只有小彼得依舊樂呵呵地說：「傑森，你幹嗎向我眨眼呀？還沒酒醒嗎？」

「可惡，想不到連你也這樣，太沒義氣了！」傑森悻悻然回過頭，但又忽然變臉，堆起笑臉對艾佛列道，「你別這樣生氣嘛，我昨晚只是喝多了一點點而已……不就是答應託運一個奇遇罷了？」

「這麼說來，我還該慶幸你給我們拿下一椿生意了？」艾佛列完全不留情面，「那麼你自己看著辦吧，我要去清點貨物，失陪了。」

「咦？喂，你等等——」

但不等傑森把話吼完，艾佛列已頭也不回地鑽進船艙中，「」的一聲關上艙門。

小彼得見狀，馬上叫道：「慘啦！傑森！你惹艾佛列生氣啦！」

鐵塔依舊**木無表情**地旁觀，但蘇菲已走到傑森身邊道：「艾佛列只是在說說氣話罷了。他這幾天忙昏頭了，要不等他忙完——」

「區區一個奇遇而已，船長我自己也搞得定！」傑森氣呼呼地打斷她的話。

他想了想，扭過頭盯住蘇菲三人，目光在他們身上**來來回回**地打轉，然後單手握拳往掌心一拍：「有了！」

「甚麼有了？」蘇菲訝然問。

「奧斯曼帝國最近發生了大規模內亂，繼亞斯克蘭之叛後，不少藩屬國都被波及了，簡直**風聲鶴唳**啊！」傑森興奮地說，「我聽說有個蘇丹帶着公主和王子連夜逃了出來，四出找船要來西岸。」*

「難道你的意思是……」

「對！這不正是一個絕妙的奇遇嗎？遠東！戰爭！還有落難的異國王族——也許公主還是個大美人呢！」傑森說得手舞足蹈，「簡直就是一個 *完美無瑕* 的奇遇啊！」

「哇！我喜歡！」小彼得在旁起勁地拍掌。

＊「亞斯克蘭之叛」：詳情請閱《蘇菲的奇幻之航 ② 錦繡山河》。

＊「蘇丹」：「Sultan」，稱謂，非人名。在伊斯蘭教歷史中有兩種意思，
一是類似「總督」的官職，二是「國君」。在此意指藩屬國的國君。

17

「等等！」蘇菲
忍不住打斷他們。

她與鐵塔對視一
眼，道：「先不管

這法子可不可行，短短數天內我們到哪找來傳
聞中的蘇丹？」

傑森**胸有成竹**
似的一笑，撫摸着下
巴的鬍子道：「這個
嘛……嘿嘿嘿，船長我
自有妙計。」

「德雷克船長，你的意思是……你船上有一
個落難的蘇丹？」

威廉跟着傑森走到後甲板的艙門前，狐疑地看着這個一臉**神秘兮兮**的船長。

「對，這是個天大的秘密。」傑森鑽進門內，他一邊在前方帶路，一邊壓低聲音說，「蘇丹攜同他的公主和王子向阿爾戈號求助，尋找傳說中的祖先秘寶，以謀**復國大業**。」

「居然有這樣的事？」

「有！當然有，昨天我還向蘇丹提起你呢！他說願意讓你加入他的尋寶之旅，但條件是你必須要保守秘密。否則——」傑森伸手往頸邊一劃，做了個殺頭的手勢。

威廉用眼角瞄了他一眼，隨即誇張地回答：「哇，聽來既危險又刺激呢。我彷彿聽見命運號角的感召，渾身已變得**熱血沸騰**了！」

傑森滿意地點點頭。他清了清喉嚨，為威廉打開面前的一扇門：「迎接你的奇遇吧！來參

見蘇丹和他尊貴的孩子們！」

門甫打開，一陣幽香已撲面而至，色彩絢麗的遠東絲綢從天花板垂落地面，重重簾幕通向房間深處一個紗帳，帳中掩蔽着三抹隱隱約約的人影。

傑森領頭來到帳前，恭敬地彎了彎身：「尊貴的大人們，威廉來了。」

一個披着臉紗的少女從內揭開了紗帳，她背後躺臥着一名褐膚男子和一個白淨的小

男孩，想來就是傳說中的蘇丹和他的孩子了。

公主有些**不自在地**拉了拉身上的裙裝，然後向威廉擠出微笑，並用奧斯曼語說：「你好，歡迎加入我們的⋯⋯咳，尋寶復國之旅。」她朝威廉伸出了手。

威廉抬了抬眉，也伸出手，先後和公主、王子以及蘇丹三人一一握手。正當傑森要繼續說話時，卻聽見威廉「噗哧」一下大笑起來。

「呃！你笑甚麼？」傑森嚇了一跳。

「哈哈哈哈哈哈，抱歉，但我真的憋不住了！」威廉笑出了眼淚，「德雷克船長，你是不是又喝醉了？甚麼蘇丹和公主王子，你騙誰呢？秘寶也是胡扯的吧？」

傑森連忙辯解道：「我才沒騙你！」

「算了吧！哪來的蘇丹和公主手心會起**厚繭**？除了習劍外，我看是長年勞動的結果吧？

而且……」威廉朝公主咧嘴一笑，「尊貴的殿下，您的英語也太純正了吧？反倒是最初那句奧斯曼語帶了些口音。雖然不明顯，但我能聽出來啊。」

公主聞言呆了一下，然後「刷」的一聲扯下臉紗。她——正是蘇菲。

「我早就說這個方法蠢透了……」蘇菲咕噥着抬起頭來，朝威廉尷尬地一笑。

「你們這輩不爭氣的傢伙！怎能這麼乾脆就承認了啊！」傑森氣得跺腳。

當然，所謂的蘇丹和王子自然也是鐵塔和小彼得假扮的。鐵塔已眼不見為淨似地轉開了視線，小彼得則一臉驚奇地說：「哇！叔叔你好厲害呀！我還覺得我們扮得挺像的啊！」

「寫故事的人都會留意細節。」威廉

回答，「我們會把線索埋入細節中，不單是角色的外形，甚至他們的**一言一行**都可成為解讀的鑰匙，透視他們的人生。至少我本人就是這樣做的。」

他轉向傑森，本來嘲諷的嘴臉一收，平靜地說：「你們安排的這段奇遇從一開始就**浮誇造作**，但如果改編成戲劇的話，可能也會有意思。德雷克船長，我感激你們的努力，可惜它不適合我。看來，我那主角仍然只能過着他那錯軌的人生……畢竟一步錯步步錯，又有誰真的能重頭來過呢？」

「你——」傑森不知如何回應。

「那些酒後戲言就算了吧，說真的，我要你們的船牌幹甚麼？」威廉擺擺手，裝模作樣對鐵塔的方向鞠了個躬，「哈！好

一個不折不扣的國王！」

不等其他人回應，他就已長笑着走出房間：「而我，則是個不折不扣的乞丐！」

「……甚麼乞丐呀？」

傑森四人都摸不着頭腦，呆在原地目送威廉遠去。就在他們面面相覷之際，一把聲音從門口的方向響起：「剛剛威廉那句『不折不扣的國王！』出自他本人撰寫的劇本，也是引用自莎士比亞四大悲劇之一《李爾王》的名句。」。*

蘇菲幾人循聲轉過頭，看見艾佛列站在門邊，正在翻閱手中一疊釘裝了的紙。他一邊走進來一邊評論：「文句不算太

＊「不折不扣的國王！」：原句是 "Ah! Every inch a king!"，出自《李爾王》（ "King Lear" ）第4幕第6場戲。

精妙，引用亦稍嫌刻意，但倒是情真意切。」

「艾佛列你來啦！」小彼得熱情地揮手，「你不是去了清點貨物嗎？」

「貨物早就清點完了，昨晚我去酒館跑了一趟。」艾佛列見傑森想要插口，立刻把話接了下去，「錯，我不是去喝酒，我是去問威廉的事。」

「你調查他幹甚麼？」傑森訝然問。

「雖然是你惹來的禍，但我好歹是阿爾戈號的大副，又怎敢把船牌的命運交給一個常常發酒瘋的船長呢？」艾佛列冷冷地瞥了他一眼，「但也不算是調查，我只是去問問威廉的喜好。」

「啊！的確該這樣做！」蘇菲恍悟，「各人喜好不同，故事好否也因人而異。

傑森那充滿遠東風情的尋寶故事顯然不合威廉先生的口味。」鐵塔深以為然地點點頭，小彼得則毫不給面子地哈哈大笑出來。

傑森朝他們吹鬍子瞪眼，轉向艾佛列問：「那麼你問到甚麼了？」

「酒吧中有個叫老漢斯的人，他很爽快地告訴我有關威廉的事，還翻出了威廉的劇本借我看。傑森，你還記得劇中最後那段台詞嗎？」艾佛列問。

「唔？」

傑森蹙眉苦思，「『我在人生每個分岔路口都做出了錯誤的選擇，最錯就是以為自己可以稱王稱帝⋯⋯』好像是這樣吧？後面的不太記得了⋯⋯」

「就是這句，『我在人生每個分岔路口都做出了錯誤的選擇』。威廉的劇本，我猜就是他過往半生的寫照。」

艾佛列說着「啪」地把劇本蓋上，朗聲背誦：「『這個故事始於草根，葬於黃金。看啊，這裏有個小子心懷遠大前程，狂妄地以為自己終有一天能戴上黃金打造的王冠，在這個舞台上呼風喚雨。』」他頓了頓，「這是威廉劇本裏的開場旁白，而劇中最後那句『不折不扣的國王！』就是他最大的自嘲。」

「為甚麼呀？」小彼得不解地問。

Fantastic Voyage Sophie's Fantastic Voyage Sophie's Fantastic Voyage
tic Voyage Sophie's Fantastic Voyage Sophie's Fan
Voyage

「剛剛我說過，這句話引用自莎士比亞的《李爾王》。李爾作為一國之君亦曾狂妄自大，他**摒棄忠良**，最後**眾叛親離**，淪落成一個乞丐。其中有幕戲就是乞丐李爾頭戴草冠，**瘋瘋癲癲**地稱自己為『不折不扣的國王』，威廉劇中的主人公亦頭戴草冠說出了同一句話。」艾佛列回答。

「聽上來令人好難過啊……」小彼得扁起嘴。

「的確。」艾佛列點點頭，「主人公的遭遇和李爾王當然**大相逕庭**，但那刻的心境或許有相似之處——當一無所有的『乞丐』回憶當初，才恍悟往昔的過錯，所

以這既是自嘲，更是痛切的反省和無盡的悔恨。或許，這也是威廉本身想對自己說的話吧？」

　　旁聽的四人沉默了片刻。威廉離開前的那陣長笑聲彷彿再次在耳邊迴盪，當中的嘲諷和張狂卻瞬間變了味道。

　　傑森用力搔了搔頭，懊惱地低聲道：「那天我看戲後還嘲笑他。雖然不是故意的……但……」

　　艾佛列也歎了口氣，說：「老漢斯還告訴我，威廉外表雖然像個讀書人，其實學歷不高，戲劇全靠自學而成。所以不管如何努力，他一直無法打進重學歷和出身的戲劇界，只能在三流劇團寫一些低俗劇糊口。此外，我還聽說了一件奇怪的事。」

「甚麼事呀？」小彼得追問。

「據説，威廉常在一個廢墟似的地方流連。」

「啊？為甚麼？」蘇菲等人都感到訝然。

「不知道。」艾佛列搖搖頭，

「或許他另有隱衷⋯⋯？」

土丘下的呼喚

夕陽西下，蘇菲與她的同伴躲匿在荒草叢生的路邊，悄悄地尾隨在威廉背後。

幾十步開外處，**孤零零**的威廉走進了一條位於山邊的破落小村子，他經過一間間**簡陋的土磚屋**，來到了村尾。

蘇菲五人跟着他拐了個彎，看到一個**巨大的土丘**遠遠地出現在前方。

　　只見土丘上泥濘滿佈，混雜着碎石、草根、瓦礫和垃圾，還有一陣陣臭味隨風飄了過來。蘇菲忍不住掩着口鼻，卻見威廉攀上土丘，不一刻已登上丘頂，並低着頭*踱來踱去*，小心翼翼地看着地面，似乎在找東西的樣子。

　　「咦？他在找甚麼？」傑森悄聲問。

　　其他人都搖搖頭，不明所以。這時，蘇菲瞄見有一個村民模樣的老人在不遠處走過，馬上把他攔住，並指向土丘問：「老先生，請問那兒是甚麼地方呢？怎麼會發出**陣陣臭味**？」

「哦，那個土丘嗎？」

老人朝土丘瞥了一眼，長長地歎出了一口氣：「那裏本來有一條小村莊，住着幾十戶人家，可惜幾年前**山洪暴發**，泥石流把整條村莊埋了。」

「哇！**泥石流**？」小彼得大吃一驚。

「對呀，當時死了好多人啊，有些人失蹤了，連屍骨也找不到呢。」老人搖搖頭，又歎着氣走開了。

「被埋葬的小村子嗎⋯⋯」

蘇菲若有所思地望回土丘的方向，卻聽艾佛列指向丘頂說道：「噓！他坐下來了。」

她抬頭看去，威廉果真一動不動地坐在丘頂上，與**空寂的荒地**連為一體。他的側影在暮色下透出一股哀傷，濃重得幾乎叫人透不過氣來。

不久後**日落西山**，威廉終於站起來，他拖着疲累的步伐往下攀，隱沒在土丘的後方。蘇菲五人連忙趨前攀上土丘。

傑森在高處往四周掃視一圈，**翕了翕鼻**道：「老天，這裏也太臭了吧⋯⋯真不知剛剛威廉在找甚麼。」

小彼得早就摀住了口鼻，把整張臉藏到鐵塔寬大的背後，鐵塔無奈地揉了揉他的頭。艾佛列在旁沉思道：「剛才那老人說土丘下埋着整整一條村莊，應該跟這有關吧？」

蘇菲落在他們身後，忽然，她好像聽見有聲音隱隱從腳下傳出。她疑惑地蹲下身，摸了摸

混雜着瓦礫的污土。這時，一聲幽幽的歎息再度從腳下響起。

「咦？」蘇菲詫異地睜大眼。

「喂，蘇菲！」傑森在前方揚聲叫問，「你怎麼了？」

「你們快來看看！」蘇菲抬頭應道，「好像有聲音從下面傳出來──」

說時遲那時快，她懸掛在胸前的桑果已發出了淡淡的光芒，同時有把女聲在腦海中催促道：「蘇菲，『她』正在泥土下，請你幫幫『她』……」

「是寧芙小姐的聲音？」蘇菲認出了說話的人正是送她桑果的桑樹精靈。*

她馬上依言撥開泥土，只見泥濘中現出一塊沾滿泥污的破布，雖然已殘破

*有關桑果與桑樹精靈寧芙的故事，請閱《蘇菲的奇幻之航 ① 桑樹之心》。

不堪，卻還是能隱隱約約透出它**赭紅色**的原貌。

小彼得跑到了她身邊，捏着鼻哇哇大叫：「哇！蘇菲！這麼臭的東西你還挖出來做甚麼呀？」

「我也不知道，桑果讓我挖出來的……」

蘇菲伸手去撿，就在指尖碰觸到那塊破布的剎那，懸掛在她胸前的桑果再度迸發出耀眼而柔和的光芒。

只見光芒如泉湧，土丘中那些污泥、碎石以及瓦礫在光中被翻起飄上半空，但迅即又紛紛揚揚如**繁星灑落**，退回它們曾經所在的位置。

轉瞬間，一間鋪蓋着稻草的土磚屋已出現在蘇菲面前，土丘已消失了，污泥亦變回屋前的小路，路旁長滿鮮花與綠草，碎石散落其間。

四周都閃爍着光芒，疑幻似真。

　　蘇菲站在小屋的門前，看見木門「吱呀」地打開。

　　一個披着赭紅色圍巾的白髮老嫗從內推門而出，有些意外地望向蘇菲，隨即展露出慈愛的笑容。

　　「你回來了啊。」她說，「我親愛的小比利。」

無數個畫面隨之在蘇菲眼前飛閃而過，小磚屋在剎那間就經歷了幾十個寒暑，只見屋中的人來來往往，圍繞在四周的花草開了又謝，謝了又開，景色在四季更迭中飛快變換。

當變化的畫面終於停歇下來，蘇菲怔怔地凝視一直站在屋前的老婦人，無聲地落下了一行淚。

「——蘇菲？你怎麼哭啦？看看我呀！」

小彼得的叫喊在耳邊乍起。蘇菲如夢初醒，她有些恍惚地環視四周，小屋子與老婦人都不見了，腳下巨大的土丘如一座墳墓寂靜地掩映在暮色中，桑果的光芒亦已逐漸褪去，只

餘一抹殘光。

「蘇菲……」艾佛列猶豫地問，「剛剛是不是桑果讓你看到了甚麼？」

蘇菲點點頭。她拿起那塊赭紅色的破布，啞聲回答：「這塊布曾屬於一個老婆婆，她讓我看了她的記憶……原來她叫安娜，是威廉先生的姨母。」

「威廉的姨母？」傑森訝然道。

「對，她叫威廉先生做小比利，從她的記憶中，我看到了威廉先生的前半生。」蘇菲憶述，「原來……他一直在找天災後失去蹤影的安娜。」

聞言，眾人都吃了一驚。艾佛列喃喃地說：「失去了蹤影？難道安娜已經……」

蘇菲默然不語。她握着破布低聲道：「我知道要送給威廉先生一個甚麼奇遇了。」

舞台上的國王

威廉嚇了一跳。

這天傍晚，他依舊趁着天色尚明之際前往土丘，卻吃驚地發現通往小村子的路上並列着兩排火把，而傑森攔在途中，看樣子似乎已在此久候多時。

「嗨，威廉，又見面啦！」

傑森熱情地展開雙臂，但威廉毫不給面子，他**滿臉狐疑**地朝傑森上上下下打量了一番後，說：「德雷克船長！怎麼你會在這裏？你又打算幹甚麼？」

　　「再送你一段奇遇啊！」傑森故作神秘地眨了眨眼。

　　「又是奇遇……？」威廉皺起眉，「謝謝你的好意，但我說過我已不再需要甚麼奇遇了——喂，你幹甚麼？」

　　「嘿，別**問東問西**的，先跟我來！」傑森強硬地拉着威廉往前走，不一刻就已穿過小村莊，再度來到那個土丘前。

　　不過，與昨天不一樣的是，土丘上竟搭建了一個臨時舞台，台上還豎立着一塊背景板，板上畫着一間土磚屋。傑森**半推半扯**地把威廉拉上土丘，一起走到舞台前。

「看戲吧。」傑森別有意味地一笑，然後拍了拍掌。

這時，穿着一身破舊衣服的小彼得從佈景後跑了過來。他笑咪咪地伸出手，捉住了威廉的手指。

「你不就是那天的小王子嗎？」威廉問。

「今天我不是小王子啊。」小彼得樂呵呵地回答，「我是小比利！」

「小比利……？」

威廉還未弄清是甚麼一回事，就聽見一個噪音在黃昏的空

氣中迴盪，高聲朗讀出一段他早已**滾瓜爛熟**的台詞：「『這個故事始於草根，葬於黃金。看啊，這裏有個小子心懷遠大前程——』」

不等威廉反應過來，佈景板上的木門忽然「吱呀」一聲被推開了，一個披着赭紅色圍巾的紅髮少女從門內步出來，對台下伸出手：「你回來了啊，我親愛的小比利。」

少女朝威廉與小彼得露出微笑，她正是蘇菲。

威廉詫異地睜大眼睛，整個人呆愣當場。這時，小彼得已放開了他的手，**蹦蹦跳跳**地跑上台，朝蘇菲迎了上去：

「安娜！安娜！我回來啦！」

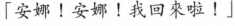

「歡迎回家。」蘇菲親暱地捏了捏他的臉蛋，「你今天過得怎麼樣了？」

「不好。」小彼得扮演的小比利沮喪地**噘起嘴**，「大家又在嘲笑我了。」

「他們又說甚麼了？」

「他們嘲笑我沒有爸媽！罵我是個小雜種！」小比利氣鼓鼓地說。

「罵就由他們去罵吧。」蘇菲扮演的姨母安娜，往小比利鼓起的頰上印落一吻，柔聲說，「你爸媽早死，我們的出身無法改變，但我們可以掌握自己的人生，不必理會

其他人的**指手畫腳**。」

「安娜……」站在台下的威廉已不可自抑地**哽咽**。

如今在他的眼中，舞台上上演的不再是幼嫩的鬧劇，它慢慢地喚醒了他那些沉睡在**記憶深處的時光**。

舞台上的人影帶領他遊過時間的彼岸，返回很久以前的那段日子。那時，在安娜的激勵下，他是心懷夢想的小比利，他眼中的世界**閃閃生輝**，風中總是滿載着安娜的歡聲笑語。

「安娜！我在學校看到一個叫莎士比亞的人寫的劇本，他可以讓國王變成乞丐，又能令仙后愛上一頭驢子，太厲害了！」他聽見年幼的自己在大聲高呼，「我也想像他一樣做個

劇作家！」

「這很好啊！」安娜笑答。

「總有一天我會成為另一位莎士比亞！」小比利手舞足蹈，「我會成為舞台上的國王，讓那些嘲笑我的人都臣服在我的威名下！」

「我不熟悉戲劇，但親愛的小比利，我相信一個出色的劇作家不是為了征服別人而去寫戲的。」安娜說，「我希望你為自己的生命而寫戲，你才是掌握自己人生的國王。」

「是這樣嗎？」小比利似懂非懂。

安娜無奈一笑，歎息着摸了摸他的髮頂：「無論如何，我很高興你找到值得自己奮發的目標，我知道你會全力以赴。」

「嗯！我一定會寫出名作，然後讓最出名的劇團演給你看的！」小比利得意揚揚地說。

「好啊，到時一定要請我去看啊，我相信你

寫的戲一定會很好看的。」安娜笑道。

「**一言為定！**」小比利開心地喊道。

至此，舞台上的戲戛然而止，但威廉心中的戲仍在上演。

他看到轉瞬間二十年過去，那個當年的小男孩**無法兌現承諾**，他最終只是個三流劇團的編劇，更因為自尊而害怕回去面對安娜。然而，當他苦苦地與自己的自尊心爭

鬥時，泥石流把安娜的家沖毀，他已恨錯難返。

舞台下的威廉恍恍惚惚，已分不清戲裏戲外，不知誰才是戲中人。

他跪倒在泥地上抱頭痛哭：「安娜……安娜……對不起……我錯了，一切都錯了……」

「你錯在哪裏？」一把聲音忽然問道。

威廉抬起頭，看見蘇菲站在台上，她依舊披着那條赭紅色的圍巾，在他模糊的淚眼中依稀就是安娜的模樣。只聽她再次問道：「為甚麼說自己錯了？」

「我錯在狂妄自大，我根本成不了材……」威廉哭着回答，「一步錯，步步錯，我已經三十多歲了，但我依舊一事無成，我虛度了人生……」

「真的是這樣嗎？」

擔任旁白的艾佛列隨話音從後台現身，他走到威廉身邊沉聲說：「難道你沒有為理想**全力以赴**過嗎？」

威廉聞言一怔。他搖搖頭道：「不，我很努力……我非常努力，幾乎付出了我所能付出的一切……」

「那麼，你為甚麼說這都是錯誤呢？」艾佛列逼問，「就因為沒有成功，你就抹殺付出過的一切嗎？」

「可是代價太大了！」威廉大吼。

「就為了一個**不切實際**的夢想，我離開了安娜，還付出了我的青春！我沒為她養老，甚至連最後一句話都沒能跟她說！」他掩着眼哽咽，「我每天都在問自己，如果人生可以重來……但我的人生已無法改寫，我就是那個**一無所有**的乞丐，我把一切都搞砸了！」

「安娜不會贊同你現在說的話。」蘇菲忽然插話。

「甚麼……？」威廉茫然望着她。

「人生不能重來，你的過去無法改寫，但你仍然可以編寫自己的未來。」蘇菲回答。

「……編寫……未來？」威廉努力睜大紅腫的雙眼。

「是的。」艾佛列點頭，「和你說話的這個女孩叫蘇菲，她是阿爾戈號的瞭望員。她擁有一顆精靈贈送的桑果，當來到這土丘時，藉着精靈之力看見安娜在土丘裏留下的回憶，以及死前最後一縷強烈的思念。她有幾句話想要告訴你。」

「……這……怎麼可能？」

「否則又怎會有剛才那個短劇呢？」艾佛列說，「那就是安娜拜託蘇菲演的啊。」

在他說話的同時，
蘇菲已披着那條赭紅
色圍巾走下了舞
台。剎那間，威
廉再次生出了錯覺，
彷彿當年那個年輕的
安娜正一步步在火光中走
近，對他展露出一如既往
的溫柔笑容。

　　「威廉。」蘇菲蹲
下來，把一小片破布
放進威廉手中，「這是
安娜留下的遺物。雖然已無法
找到她的屍骨，但你可以留着紀
念。」

　　威廉呆呆地注視掌心那片已看不清色彩的布

塊，雙眼再度濕潤起來。他把它緊緊地攥在拳頭裏，頃刻後才艱難地釋出聲音：「安娜的靈魂⋯⋯在這裏嗎？她還在嗎？」

「我不知道。」蘇菲輕聲回答，「但我能感應到安娜的心，她就像活在我的體內。她想告訴你，接受過去的自己，*開創自己的未來*。」

「接受⋯⋯過去的我？」

「對。你以為自己的人生是一場錯誤，其實你只是在苛責自己沒有做得更好。過去不能重

來，既然你已作出了選擇，更為此努力過，無論結果如何都無需悔恨。」

聞言，威廉閉了閉目，再度睜開時已**熱淚盈眶**，內心壓抑多年的情感終於如洪水決堤湧出。

「安娜……姨母。當年我父母雙亡，你收養了我。」他頓了一下才有勇氣繼續，「那麼，你……後悔過嗎？」

蘇菲凝視他，目光微微地顫抖。安娜的感情在她心中**如波濤在暴風雨中翻滾**，兩行熱淚不可自抑地奪眶而出。

「沒有。」蘇菲伸手把威廉擁進懷中，「那雖然是**艱辛而漫長**的歲月，但與你一起度過的，也是無比歡樂的歲月啊！」

「你不覺得……這耽誤了你的一生嗎？」

「從不。」蘇菲含淚露出了微笑，「你一直

都很努力，你是我的驕傲啊！」

「可是⋯⋯我沒能成為**舞台之王**，沒能實現對你的承諾⋯⋯」

「誰說的？」蘇菲回答，「你還可以編寫自己的未來，做你人生舞台上的國王啊！」

「做自己人生舞台上的國王⋯⋯」

這句話有如**當頭棒喝**。威廉伸出雙臂，用力回抱蘇菲。

「我終於明白了⋯⋯」他說出當年想對安娜說的最後一句話，「姨母，這一生⋯⋯謝謝你！」

「我依舊沒有王冠，沒有黃金，但我今天站在這裏，坦然接受成敗，並為過去努力的自己感到自豪！我把未來掌握在自己手中，即使貧窮如乞丐，我也是不折不扣的國王！」

小鎮的廣場中心，威廉在舞台上**自編自導自演**，高聲唸出這場戲的最後一句台詞。言罷，他彎腰鞠躬，引來台下觀眾**掌聲如雷**。

　　阿爾戈號的船員在人羣中全體站立，蘇菲被同伴簇擁在中央，高舉酒杯朝舞台歡呼：「敬你這個不折不扣的國王！」

　　舞台上的威廉對她微笑，他彷彿又從蘇菲身上看見了姨母安娜的身影。

　　蘇菲笑了，安娜笑了。

《舞台上的國王》完

獅鷲王之劍

盜墓驚魂

　　陰暗的地底遺跡裏，盜墓賊比爾和詹姆拚命地往前逃奔。

　　比爾跑得極急，臉上那道蜈蚣般的刀疤因為充血而顯得分外猙獰。

　　他牢牢抓着一把古舊長劍和裹着贓物的布包，也不管詹姆追不追

得上，就已逕自爬上眼前一道約百步長的斜坡。坡頂上隱約可見有個小洞通向地面，那是盜墓賊之前鑿開的盜洞，此刻正在幽暗中透出微光。

「吼——！」

背後突然傳來一陣長長的猛獸怒吼，比爾隨即聽見詹姆在自己身後哭喊：「牠、牠追來了！帶我們來的那個巫師呢？救命——」

「沒腦子的孬種！」比爾一邊暗聲咒罵，一邊加速往上爬。不一刻，當他看到洞口的月光在眼前閃現時，忽然有人從背後猛力扯住他的衣袖。

比爾踉蹌了一下才穩住腳，轉過頭一看，原來是詹姆。

「其他人……都死了！守護寶藏的那隻怪物不會放過我們的！」詹姆整張臉因恐懼而微微扭曲，剛才明明還抱在手中的贓物亦已全部失去蹤影。

比爾從牙縫中擠出警告：「放手！」

「把東西還給牠！」詹姆尖叫，「這樣牠就會放我們一馬——」

話未說完他就撲了過來，企圖搶奪比爾手中之物，但比爾眼明手快，一下就閃到旁邊怒道：「休想！」

「吼——！」

猛獸的咆哮再度從黑暗深處響起，可怖的聲浪朝他們直襲過來，乍聽之下已

離斜坡不遠。詹姆 **臉如土色**，轉首望向怒吼傳來的方向：「牠要來了——」

比爾趁機猛地踹出一腳，把詹姆踢落斜坡。

「啊——！」詹姆發出長長的尖叫，惹來猛獸又一陣怒吼。比爾頭也不回地衝出洞口，跳上地面。他搬來好幾塊大石頭，三兩下工夫就把小小的盜洞堵住。

這時，猛獸的咆哮不斷從石縫中傳出，其中還夾雜着詹姆那 令人膽寒的慘叫，以及一陣陣骨肉被咬噬的聲音。

比爾聽得渾身爬滿 **雞皮疙瘩**，心中暗幸自

己的當機立斷。

　　「哈⋯⋯把你的賤命和寶藏一併還給那隻怪物吧！老子我還等着發大財呢！」他獰笑着吻了吻手中的長劍，馬上揹起那些從遺跡裏偷來的贓物，匆匆奔進夜色中。

賣劍商人

　　「錚」的一聲，蘇菲在鐵匠鋪裏拔劍出鞘，在半空挽了幾個劍花。

　　「怎麼樣？」傑森船長在旁問道。

　　蘇菲拿着劍又揮動了幾下，才收回鞘中。她朝旁邊架上零零星星的武器掃視一眼，答道：「拿久了有些沉。都是成年男人用的劍，恐怕不太適合我。」

聞言，傑森向不遠處正在**打鐵的鐵匠**揚聲叫問：「嘿，老闆！這裏有賣輕巧些的劍嗎？給女孩子用的。」

　　「叮叮噹噹」的聲響停了下來，鐵匠轉過頭，好奇地朝蘇菲打量了幾眼。「給女娃兒的？還真不常見啊！是這位小姑娘要的？」

　　蘇菲頷首，道：「我的佩劍在幾天前弄丟了，想要一把新的防身。如果 專門訂造 的話，明天能不能趕出來？」

　　「大後天唄。」鐵匠說，「手上沒合適的模具，即使趕工也至少要兩三天工夫啊。」

　　「但我們只是途經此地，明天就要離開了……請問有沒有其他店家有現成的劍賣？」

　　　　　　　　　　　　「鎮上就我這間鐵匠鋪。我們也

不常用劍啊，斧頭或者砍刀那些倒是有，現成的劍就只有剛剛那些了。」鐵匠聳聳肩，拿起錘子繼續打鐵，店裏再度叮噹作響。

蘇菲和傑森失望地對望一眼，向鐵匠道過謝後就走出店鋪。

外頭陽光明媚，鹹腥的海風撲面而來，他們穿過小鎮街巷，向碼頭的方向走回去。一路上，傑森不忘東張西望，但果真如鐵匠所言，小鎮子上不見其他賣劍的地方。

「看來只有留待到大城市時再說了。」傑森歎了口氣，「艾佛列他們也該採購完了，先回船和他們會合吧。」

「嗯，我還有小匕首可以用來防身。」蘇菲一邊走一邊答話，目光不經意瞥過地面晃動的影子時，突然停下了腳步。

「怎麼了？」傑森問。

「有人跟
蹤我們！」

蘇菲迅捷
地轉過身，
幾步就跨到
一棵樹後，
抓出那個鬼鬼祟祟地尾隨他們的人影。對方
顯然被殺得措手不及，毫無防備就被她拉了
出來。

那是個身形矮瘦的中年男人，有一道暗紅色
的刀疤劃過整張臉，乍眼看去像蜈蚣一樣獰
獰。

傑森也跑了過來，訝然問：「就是這傢伙跟
蹤我們？」

「對。」蘇菲點頭，「我瞧見了他的影子，
一直跟在我們背後！」

「我只是想賣劍！」男人忙不迭澄清。

「賣劍？你怎麼知道……」蘇菲轉念就想出了原因，「你在鐵匠鋪外偷聽我們說話？」

「嘿嘿嘿，小姑娘真聰明！但我只是湊巧經過，不是故意偷聽的。正巧我有把好劍在手，這不就是命運的安排嗎？」

男人堆出滿臉諂笑，從隨身布包裏掏出一把長劍。蘇菲本來還滿腹狐疑，不料第一眼就被他手中的劍吸引住了。

「少胡扯，你怎麼不一開始就主動向我們兜售？」傑森質問，「鬼鬼祟祟地跟在背後有何企圖？」

「這位大爺，你這

就不懂了，我這劍哪能隨便賣的呢？落入不識貨的俗人手中，我才捨不得呢。我在後面觀察了你們好一陣子，看你們衣着光鮮，不像本地人，看上去配得起這把好劍，才上來自薦啊。」

男人一溜嘴説出滿口馬屁話後，就把劍遞給蘇菲，大力慫恿道：「拔出來試試看啊！劍很輕，包保適合像你這樣的女孩子。」

蘇菲情不自禁地接了過來，伸手撫過纖長的劍身，果真比想像中更輕。劍的造型亦古樸雅致，漆黑的劍鞘上綴以

鍍金雕飾，刻上了鷹首獅身的獅鷲紋樣。她愈看愈愛不釋手，急不及待就拔劍出鞘，挽了數個劍花，簡直有如行雲流水，不覺半點凝滯。

「好劍！」蘇菲仰視在陽光中熠熠生輝的銀白色劍刃，它薄如蟬翼，又亮如新雪，叫她忍不住低聲讚歎。

「小姑娘真是個識貨的慧眼人。」男人諂媚逢迎。

「……真有這麼好？」傑森壓低聲音在蘇菲耳邊問。

蘇菲的目光彷彿已黏在劍上，她目不轉睛地回答：「非常好。」

「真稀奇，很少見你這麼喜歡一件東西啊……」傑森咕噥。他清了清喉嚨，回頭

對一臉諂笑的男人說道：「開個價吧！」

「25鎊。」男人笑得愈發燦爛。

傑森忍不住瞪大眼。「少唬我！打造一把銀劍也不過5鎊！」

「20。不能再低了。」

經過一番激烈的討價還價後，傑森以15鎊的高價一錘定音。男人隨他們到船上取錢時合不攏嘴，那個笑容簡直比天上的陽光更燦爛。傑森瞪着他下船後遠去的背影，悻悻道：「奸商！」

「傑森，我有點積蓄，待會我把錢還你。」蘇菲抱着劍說。

「船長我送你！」傑森豪邁地擺擺手，「難得你喜歡啊！以前想送你裙子時都推三阻四，

現在看看你，抱着都不肯離手！」

　　蘇菲被他打趣得雙頰泛紅。
「船上幹活哪能穿裙子！而且不
知道為甚麼，這把劍好像有種神
奇的魔力吸引住我──」

　　「你、你是──別過來──
啊啊啊啊！」

　　岸上隔空傳來一聲驚恐的慘
叫，未待聽清就已戛然而止。蘇
菲和傑森嚇了一跳，在洗刷甲板
的水手們亦停了下來，他們都循
聲張望過去，竟就是那刀疤商人
方才離開的方向。

71

「蘇菲……覺不覺得剛剛那個聲音有點耳熟？」傑森猶豫道，「好像是那個奸商？」

「確實……要不要去看看？」

「走！」傑森**一馬當先**下了船，蘇菲亦緊追其後。

「哇呀！」一個驚叫又起。

當他們尋聲跑進一條小巷時，一個看來是路過的女人臉帶驚惶地衝出，一股血腥味也撲鼻而來。

「老天爺……真的是那個奸商！」傑森停下腳步看着前方，不可置信地說。

只見那個刀疤商人仰面倒在巷尾，他**雙目瞪如銅鈴**，頸側有幾

個大窟窿仍在流血，慢慢地染紅了地面。

「有人殺了他……」蘇菲走近屍體。

「傑森？蘇菲？」

蘇菲轉過頭，便見大副艾佛列和水手長鐵塔走進了小巷，朝他們跑過來。傑森詫異道：「你們怎麼在這？」

「剛採購完，回來的路上就聽見了慘叫……幸好今天沒讓小彼得跟來。」艾佛列說着瞄了屍體一眼，歎了口氣。

站在旁邊的鐵塔問：「你們？」

「我們從這人手中買了把劍，才看着他離開不久，怎知……」蘇菲亦不禁歎息。

「從死者手中？」艾佛列訝然。

蘇菲點點頭，又聽艾佛列道：「聽說慘叫聲剛下，就有個披黑斗篷的人從小巷離開——」

「難道是兇手？」傑森問。

「不知道，是有個路人說的。唔？死者的傷口有點奇怪……」

艾佛列盯視屍體頭側的大窟窿，躊躇了一下後，搖搖頭道：「算了，不是我們該管的事。此地不宜久留。」

「那就回去吧！」傑森說完，就領頭朝碼頭的方向走去。

這時人羣開始聚攏，已有人叫嚷着要去報官。蘇菲朝屍體瞥了最後一眼，就轉身離去。

雖然艾佛列剛才沒把話說完，但她知道，商人頭上那幾個血肉模糊的大窟窿，看來不似人類所為。至少，傷口的形狀和撕裂程度，與

她所知的武器都不甚吻合，反而更像……

　　「更像被野獸的利齒咬破了喉嚨……」蘇菲喃喃自語。她茫然地環顧四周，只見街巷上人來人往，又哪來的猛獸？

　　「蘇菲，還不快走？」傑森的叫喊從前方傳來，打斷了她的思緒。

　　「來了！」蘇菲大聲應答，立即把那些虛泛的揣測趕出腦海，急步追向已走遠的同伴。

披黑斗篷的男人

一柱月光從高處灑落，照亮了幽深的地洞。

長滿青苔的古老石階上，蘇菲正恍恍惚惚地登梯而上，她不知道自己為甚麼會從阿爾戈號的床上來到這個不知名的地方。

只見梯上是一個寬大的平台，台上有個女人持劍背向她。女人蓄着齊耳棕髮，肩頭斜蓋着

一條長長的紅披風，手中握着的劍似曾相識。

蘇菲認出了那個**漆黑劍鞘**和鍍金雕飾。

「……請問你是誰？」蘇菲問，「為甚麼拿着我的劍？」

女人沒有回答，只是「錚」的一聲拔劍出鞘。一個披着黑斗篷的男人應聲從幽暗中走出，單膝跪到女人腳邊。

男人大半張臉都藏在兜帽下，他撿起紅披風一角放到嘴邊親吻，並虔敬地說了句話：「**守護我王，重歸故國。**」

這是種從沒聽過的陌生語言，然而不知何故，蘇菲聽明白了這句話的意思。

她對眼前一切都摸不着頭腦，卻在視線不經意地掃過黑斗篷人的身後時，整個人瞬間僵住。

那裏還有一個人倒臥在地上。他臉上劃過一條蜈蚣般的刀疤，頸側**血肉模糊**的窟窿正湧

出紅色的鮮血——

那是白天時已經死去的賣劍商人！

「啊！」蘇菲低呼一聲，猛地從床上坐直了身。

她環首四顧，發現自己依舊在阿爾戈號的房間裏，同房的小彼得正在另一張床上呼呼大睡。「沙沙」的海濤聲在艙窗外連綿不絕，原來一切不過是南柯一夢。

「日有所思，夜有所夢吧……」蘇菲用力揉了揉臉。

「吱呀」的微響忽然飄進耳中，同一剎那，她感到一陣陌生的氣息正悄悄逼近床緣。

房內還有第三個人！

蘇菲一把抓起擱在旁邊的長劍，轉身一看，發現數步之外佇立着一個幾乎與黑暗融為一體的男人。只見他身披黑斗篷，在兜帽下露出半

張臉，朝她展露出一
抹詭異的微笑。

「你——」
蘇菲 瞠目結
舌。

話未說
完，男人藏在斗
篷下的身軀就已迅
速向外暴脹，只見他
渾身表皮「咻」的一聲長出了野
獸的毛髮，四肢更劇烈變形，利爪
破指而出，一雙疑似翅膀的巨大黑
影在男人背後猛地伸展開來，幾乎
佔滿整個房間。

彈指之間，一隻約有一人半高的
鷹首獅軀猛獸已赫然成形。但見牠微

退一步，「吼─！」的一聲就向蘇菲猛撲過去！

蘇菲迅速伏身往床上滾去，同一剎那，猛獸已襲至，「哐啷！」一聲在床邊的木壁上砸出了一個巨洞，月光迅即從縫中射進房內。

蘇菲趁機衝向對面的床，把迷迷糊糊的小彼得摟進懷裏，一個翻身就已奪門而出。

「嗯？蘇菲？剛剛為甚麼那麼吵？」

小彼得在她懷中扭頭回望，馬上發出**震耳欲聾**的尖叫：「房裏面的是甚麼啊啊啊——」

這時，長長的嘶吼從背後傳來，蘇菲從眼角瞥見猛獸張開血盆大口，朝他們疾飛襲來，便迅即把小彼得往身後一擲，回身舉劍上擋。

剎那間，「鏘！」的一下，劍鞘撞上嘴喙，竟激起**鋼星四濺**。

蘇菲被撞得連退兩步，虎口生疼。但容不得半刻喘息，猛獸又再張嘴衝來，她咬牙拔劍出鞘，下一剎那，一抹紅色的淡光忽然掠過眼前。

夢中那個**棕髮女人**從劍身悄然躍出，並背對着他們揚起身上的紅披風，攔在了蘇菲與猛獸之間。

霎時間，猛獸有如冰封一樣**凝住不動**。

蘇菲見狀，趁機護着小彼得悄悄退後，卻見那隻猛獸突然屈下前肢，竟向女人行**鞠躬禮**，嘴中還發出低沉而恭順的咕咕聲。

她舉劍戒備，不料猛獸忽然又轉向自己，那雙獸瞳看來已敵意全消，更彷彿顯露出令人寬慰的靈性，仿似在向她**頷首致意**。

這時，棕髮女人已在眼前散成碎芒，返回劍中。

「蘇菲！小彼得！」

雜沓的腳步聲從走廊尾端響起。蘇菲轉過頭，便見傑森穿着睡衣跑下樓梯，身後還跟着**披頭散髮**的艾佛列和鐵塔。他們顯然都被激烈的打鬥聲吵醒了。

「發生甚麼事了？」傑森驟然停住，指着蘇菲背後倒抽了一口涼氣，「見鬼！哪來的怪物？」

「這是……傳說中的獅鷲？」
他身後的艾佛列驚呼，「錚」的一聲拔出佩劍。鐵塔同時舉起雙拳，準備攻擊。

　　但不等他們有下一步行動，猛獸就已「霍」的一聲化為黑霧，霧氣又凝聚成一個披着黑斗篷的男人。

　　轉眼間，男人已在月光下揭開兜帽，只見他乾癟消瘦，滿頭髮絲更灰白相間，惟有一雙翠綠色的眼眸炯炯有神，朝他們看了過來。

　　「這位紅髮女士是我王屬意的繼承人。方才諸多失禮，還望恕罪。」男人溫和地開口。

　　其他人都愕然怔住，傑森指着男人大喊：

「你……是剛剛那隻獅鷲？你說的又是甚麼怪話？」蘇菲這才察覺到，男人口中所道的正是她在夢裏聽過的古怪語言。

「獅鷲是甚麼呀？」小彼得扯了扯艾佛列的衣角，悄悄地問。

「獅鷲是秘密與珍寶的守護者。」艾佛列緊盯着男人，「在古老的神話和傳說裏，牠們忠貞勇猛，但也非常危險……」

「正如諸位所言，我是守護寶劍的獅鷲，名叫『加利斯』。」男人溫聲作答，「我所說的是我的母語。諸位貌似不通此語，故我用了心靈溝通，助你們會意。」

蘇菲立即追問：「你為甚麼要追殺我？」

「女士，追殺之事實屬誤會，我誤以為您是另一個竊劍的盜墓賊人。」加利斯彬彬有禮地向蘇菲欠身致歉。

「……竊劍？」蘇菲舉高手中的劍。

「正是您手中之劍，此乃我王遺物。」

「啊！」傑森恍悟似的大叫出聲，「難怪那個奸商要價那麼高，原來是贓物！ 後來他也算**惡有惡報**了——」說着，他猝然停下，好像意識到甚麼可怕的事實，張開嘴指着加利斯。

「你就是兇手！」艾佛列瞪着加利斯搶道。

泛古大陸

聞言，眾人俱神色一凜，不敢輕舉妄動。

「確實……我難辭其咎。」加利斯長長歎了口氣，開腔道，「數天前，我從漫長的沉睡中甦醒，察覺有人竊劍，昨天才處決了那個可恥的賊人，並循着劍的氣息追蹤到這裏……」

忽然，他好像抑制不住自己似的，狂怒地咆哮：「**辱我王者，殺無赦！**」

眾人大驚，連忙退後。蘇菲忍不住説：「你……」

「……失禮了！」加利斯如夢初醒，懊惱地呻吟一聲，「醒來後，我偶然會**神志淪喪**，被瘋狂的執念所主宰……」

「敢問是甚麼令你改變心意？」艾佛列問，「為甚麼你會突然得知蘇菲並非你的敵人，而停止攻擊呢？」

「全因我王！她的出現喚醒了我！」加利斯一掃先前的**陰霾**，那張雙頰凹陷的臉瞬間**煥發光彩**。

他轉向蘇菲道：「蘇菲閣下，我敬重您忠誠勇敢，挺身保護同伴。您已是**我王屬意的繼承人！**」

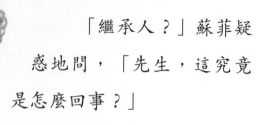

「繼承人？」蘇菲疑惑地問，「先生，這究竟是怎麼回事？」

「我王已選定您為她的寶劍——冠冕之劍的繼承人。」加利斯昂首挺胸，「蘇菲閣下，您將繼統，成為我國之君！」

「但我不認識你的王啊！莫非……剛剛從劍裏出來的棕髮女士就是貴國的王？」

「正是，我王的精魄棲息於劍中。」

眾人都訝異地打量蘇菲

手中的劍，蘇菲亦覺困惑：「貴國的王為甚麼會在劍裏呢？你又為甚麼會⋯⋯？」

加利斯歎了口氣，說：「我曾是我王的近衛長官。有一天我國受襲，我王率眾出征抗敵，兄弟姐妹們全數陣亡，最後只剩下我王與我。後來，更被敵人封印在地底。我王在臨終前把魂魄封進隨身寶劍，並向我交託遺願——若有天封印得解，望能重歸故國⋯⋯」

這句話觸動了蘇菲的記憶，她想起早前那個奇怪的夢，加利斯亦說過類似的話⋯⋯

「敢問你的故國在哪？」她問。

加利斯發出一串奇異的發音，並說：「這是我母國的名字，它是大陸上的九大王國之一。諸位聽過沒有？」

眾人面面相覷。艾佛列搖搖頭說：「前所未聞。」

加利斯黯然地垂下頭：「或許我沉睡甚久，一切俱成往事吧……」

　　「你在你的王死後就沉睡了嗎？」傑森問。

　　加利斯搖搖頭，說：「我王身殞後，我亦很快死去。但憑借己身執念喚醒體內的獅鷲血統，化身獅鷲守護冠冕之劍，並在沉睡中等待封印解開的一天……」

　　「但封印之強，你和女王都沒法破解，那賊人竟有如此能耐？」艾佛列提出疑問。

「盜墓賊中有個**法力高強**的巫師，是他把封印解開，但後來又*不知所蹤*。」加利斯攢眉答道，「我生前死後的記憶都有些模糊不清……若非心中執念未了，可能已……」

「先生，不知你的執念是甚麼呢？」蘇菲問。

加利斯面容一肅，突然單膝跪倒在蘇菲腳邊，並虔敬地道：「懇求您還我等心願——守護我王，重歸故國！」

「先生，無需如此大禮！」蘇菲嚇了一跳，「你的意思是……想委託我們把此劍運送回國嗎？」

加利斯迷惑地抬頭，似乎不明所以。

蘇菲解釋道：「我們阿爾戈號是**海上鏢局**，可以替客人把東西運送到指定地點。」

「***原來如此！***」加利斯恍悟，「那麼，有請您幫忙了。蘇菲閣下，您必須完成我王的心願，方能成為冠冕之劍的主人，這是每代繼承人必須履行的義務。」

蘇菲端詳他那憔悴的臉容和灰敗的髮絲，竟哽咽起來。

她握緊手中棲息
着獅鷲王精魄
的長劍，已分
不清這是女王抑
或自己的感受，
說：「那麼，就
讓我履行這個義務
吧！」

「這個託運，阿爾
戈號接了！」

站在身旁的傑森朗聲
道：「這差事簡單得很，你
把我們帶回去你的故國就成
了！」

其他人俱點頭稱是，
加利斯卻歎息道：「非常

感謝諸位。但恐怕並非如此簡單……因為，我亦不知故國在何方。我醒來後發現地形已變，封印之地本是一個小島嶼，如今四周卻俱是陸地……」

加利斯的回答**出乎眾人意料之外**。傑森訝道：「那你還記得自己的故鄉嗎？說說看，或許我們去過。」

「我國的城門傍海而建。守衛在城門兩側的獅鷲雕像高若參天，每個到訪的旅人都會在城門下仰首驚歎，無數吟遊詩人在大陸上傳頌我國的榮光……」加利斯低聲憶述。

「傍海的城市……？」蘇菲和同伴對視一眼，大家顯然都很茫然。

「想不到一覺醒來，竟恍如隔世……」加利斯黯然自語。

「恐怕真是隔世。」艾佛列忽道。

「艾佛列，難道你已有頭緒？」蘇菲問。

「確實有個想法。你們先隨我來。」

艾佛列說罷便爬上樓梯，領著眾人走往更高的樓層。他推開一道木門，然後步進房中點燃了數個燈台。

「唔？」傑森說，「你把我們帶來會議室幹甚麼？」

「我想給加利斯先生看一個東西。」

艾佛列轉過身，對加利斯說：「先生，你知道現在是**1700年**嗎？」

「……1700？」加利斯一臉茫然，「……我不知道……」

艾佛列似乎早料到這個答案，他揚手指向牆上：「先生，請你看看這個。這是我們最近修訂過的航海圖。」

只見航海圖繪工精細，**巨細無遺**地勾勒出

七大洋四大角的輪廓，四處更標滿了地形、經緯線以及常用航海路線等等的細節。*

　　加利斯抬首細看，然後發現到甚麼似的，那雙綠眼睛陡然大睜。

　　「何以圖中會有五塊大陸呢？」他說：「……明明**大陸只得一塊**的啊！」

　　甫坐下的傑森一骨碌地跳起來，大聲喊道：「少鬼扯了！怎會只得一塊大陸？」

　　「有。」艾佛列卻說，「傳說中的『**泛古大陸**』。」

　　小彼得問：「『泛古大陸』是甚麼呀？」

　　「傳說五大洲是在大洪水及地震後從泛古大陸分裂出來的。」艾佛列解答，「許多創世神話都描述過一場毀世的大洪水，洪水退後**文明方始**。然而關於『泛古大陸』的描述極其稀少，我惟一讀過的相關資訊出自公元前3世紀的

先哲著作，裏面有段話——」

「說了甚麼？」傑森心急地追問。

「在『海格力斯之柱』的對岸，曾有一塊泛古大陸——它是世界的中心，人間極樂之地，那裏遍地黃金，牛乳在河中流淌，微風裏滿是芬芳。然而，洪水與地震摧毀了這塊天堂，將之四分五裂，大陸的心臟更從此永沉海底。」

艾佛列一頓，轉向加利斯道：「據說，那已是上萬年前的事了。」

「萬年前……」加利斯神色恍惚，「居然已過

了萬年……」

　突然，一陣悲愴湧進蘇菲心中，她若有所思地瞄向手裏的長劍，感到獅鷲王的悲傷已觸動了自己的內心。

　「艾佛列，你怎知道加利斯先生的國家就在那塊已經分裂了的泛古大陸？」傑森不解地問。

　「因為加利斯先生所描述的語言、國家以及城市風貌都前所未聞，他剛才又提及地形與之前不同，我就聯想到『泛古大陸』——一個可能存在於『我們不知道的歷史』中的國度，例如比神話和傳說更早的史前文明。」艾佛列回答。

　「原來如此！」傑森茅塞頓開。

　沉默良久的鐵塔開腔道：「大陸沒了，託運到哪？」

鐵塔的話一語中的。蘇菲向加利斯提議道：「假如說五大洲是從泛古大陸分裂出來的，也許有些地形或海岸線會保持原貌。」

加利斯連忙趨前查看航海圖，但圖中涵蓋範圍太大，他看了一會仍毫無頭緒。

「不如試試『海格力斯之柱』？」艾佛列說。

「甚麼柱呀？」小彼得好奇地問。

「『海格力斯之柱』，是神話英雄海格力斯在冒險旅程後到達的最西點，有一說指它是直布羅陀海峽。」艾佛列抬手點向地圖

某處，「就是這裏。先哲書中曾說泛古大陸就在海格力士斯之柱的對岸——」

加利斯猛地俯身向前，並用手指從艾佛列指示之處緩緩地劃到對岸，再沿海岸線往下移，最後停在一個東臨北海的點上。

「先生！你認出了甚麼嗎？」蘇菲高興地問。

加利斯的眉頭緊皺，思索了片刻才道：「這裏看來很像我國首都所在的海岸線……」

蘇菲與同伴們面面相覷，顯然都想起同一處地方。

「怎麼了？」加利斯迷惑地看着他們。

傑森看着航海圖上那片海域，沉着臉回答：「那裏是著名的『海洋墳場』，經常有船隻在那個鬼地方神秘失蹤。話雖如此……」

他轉向眾人，揚聲叫問：「阿爾戈號接下了

託運，自然沒退縮之理，對不對？」

「對！」眾人齊聲答應。

「很好！」傑森宣告，「那麼，我們就去『海洋墳場』闖一闖！」

海上墳場

　　阿爾戈號在一片奶白色的濃霧裏緩緩航行。

　　四周無風亦無浪，寂靜中只剩船身滑過海水時發出的「沙啦」細響，海面在白霧映襯下亦顯得分外漆黑，彷彿像個要把人吸進去的**無底深淵**。

　　蘇菲站在高高的前桅樓上，拿着望遠鏡眺望前方，小彼得坐在她身邊嘟嚷：「蘇菲，這次看到甚麼嗎？」

　　「沒有。」蘇菲搖搖頭，鏡頭裏依舊是白茫茫一片，甚麼也看不見。

　　「加利斯叔叔的故鄉真的在這裏嗎？」小彼

得鬱卒地說，「我們已迷路很久啦……」

正如小彼得所言，他們進入這片神秘的海域已有大半天，四周濃霧瀰漫，指南針和其他儀器已**相繼失靈**。傑森曾急忙搶修，卻找不出問題所在，連艾佛列也說不出個究竟來。此後，整艘船就徹底地迷失了方向，在大海上**漫無目的**地飄浮。

海洋墳場果真並非**浪得虛名**。

蘇菲垂首俯視底下的前甲板，看到加利斯正獨自佇立在船首，不知在沉思着甚麼。她輕撫別在腰帶上的佩劍，心中泛起莫名的騷動。

「你們看！」一聲驚呼忽起，「有船！」

話音未落，傑森已領着艾佛列和鐵塔衝上了前甲板，並伸手指向前方。蘇菲循着他所指的方向定睛望去，剛才還白茫茫的霧裏，果真隱隱約約地現出了一個黑色的船影。

「太好啦！終於有人啦！」小彼得興奮地扯着蘇菲的衣角歡呼。

船影由遠而近，愈來愈接近阿爾戈號，傑森朝之振臂高呼：「嗨！朋友——」

但話音剛起，卻馬上戛然而止，本來表現雀躍的船員們也在刹那間噤了聲。

來船從濃霧中現出了真貌，那是一艘殘舊的廢船，只見甲板上空蕩無人，船身的木板已經腐朽，纜繩亦盡數爛掉，兩根船杆上的帆布更早成敗絮。它恍如一艘幽靈船，正無聲地

向阿爾戈號昭示未來的命運。

　　「船上都沒人，究竟是誰在駕駛……」傑森的咕噥在一片死寂中特別響亮。

　　艾佛列忽然指着廢船的帆布説：「有風！」

　　只見那些敗絮突然在空中亂舞，本來凝滯的空氣霎時間流動起來，不知何來的詭風吹開了濃霧，以飛一般的速度把阿爾戈號往前推送。

　　蘇菲摟着小彼得甫站穩腳步，抬頭就見更多**無主的廢船**在海面飄盪。一些木船的殘骸四散其間，在水中**浮浮沉沉**，放眼望去赫然是個巨大的海上墳場。

「天啊……」蘇菲喃喃道。

「咕嚕咕嚕……」的聲響忽爾刺破了四周死寂的氣氛。蘇菲尋聲望去，只見一股股漆黑的液體從那些廢船的木板縫隙裏不斷湧出，竟濃稠得有如血漿，還愈湧愈猛，頃刻間就覆滿整個船身。

「那是甚麼鬼東西！」傑森瞪圓了眼。

「……『闇影』……」久未言語的加利斯突然開口。

「『闇影』？」艾佛列皺眉，「你知道它們？」

「當亡者殘留的執念被負面情緒徹底腐蝕，就會化為一種介乎生與死之間的怪物，是為『闇影』。若非我王，我醒來後或許也會變成那樣……」加利斯掃視海面上俱已變黑的船羣，「這些闇影恐怕是失事船隻的船員們所化！」

傑森神色一凜，迅即揮臂向前：「兄弟們，全速駛離這片海域——」

「——好痛苦！好寂寞啊！」

刺耳至極的尖叫聲破空而至，蘇菲抱緊「哇！」的一聲撲向她的小彼得，驚異地看着那些漆黑的船上冒出一個又一個人影。那些有如幽靈的影子同樣由黑色漿液所凝聚，它們僅剩模糊不清的五官和衣物輪廓，顯然就是加利斯口中的「闇影」。

轉瞬間，闇影們已在各自的船上滑行開去，它們一邊拉起船帆，一邊發出哭喪似的尖叫：「出不去，永遠都出不去啊！好寂寞，好難過啊！」

蘇菲在高處環視，已見那些黑船在闇影的驅使下，從四方八面漸漸逼近阿爾戈號。她連忙向下面的同伴示警：「它們打算包圍我

們！」

「闇影性喜殺戮，掠奪生靈與之共墮絕望而陰冷的深淵……」加利斯凝重地說，「它們厭惡並畏懼所有光明之物。」

在他說話之際，蘇菲留意到闇影的船正在無聲急行，有幾艘已駛進阿爾戈號周邊數十碼的範圍內。她再度急呼：「它們要來了！」

傑森與艾佛列快速交換了一個眼神。艾佛列點點頭，馬上領着以鐵塔為首的水手們從各個入口鑽進船艙。如今前無去處，後無退路，看來只能突破重圍方有一線生機。

「嗚哇哇哇！」

為首的黑船已靠近

阿爾戈號旁側，一個五官模糊的闇影站在船首厲聲尖叫，它身上的黏液如淚般「滴滴答答」地落下來。

「閉嘴！」傑森大喝，「快讓路！」

他的話令闇影們發出了一陣似哭非哭的長嚎，幾乎刺破天際。「霍霍」之聲緊接而至，數道闇影已從四周圍繞的船隻躍上半空，朝正中央的阿爾戈號飛撲過來。與此同時，以鐵塔為首的水手們高舉火把從船艙裏衝出，吶喊着把烈焰揮向半空的敵人。

「啊啊啊啊啊啊———」

被火舌掠過的闇影無一不發出刺耳的厲喊，轉眼就燃成一團團火球，紛紛反身跳進海裏。

火焰的攻勢霎時間震懾住其他闇影，它們尖叫不止，卻又不敢輕舉妄動。

蘇菲趁機拽住纜繩，一手抱起小彼得跳到前甲板上。她推着男孩的後背道：「快回船艙！」

「閣下當心！」

蘇菲感到一陣陰風從背後猛地撲來，迅即旋身避過闇影的偷襲。方才向她示警的加利斯亦跑到身邊，揮舞着火把嚇退敵人。

傑森掃視了他們一眼，憤然從大衣裏拔出燧石槍，朝天連開三槍：「艾佛列，開炮！」

「轟隆」一下巨響炸起，阿爾戈號的炮火已擊中距離最近的黑船。闇影的尖叫聲此起彼

落，眾人見機不可失，馬上連環射擊，不消片刻敵船已在烈火中沒入海底。同行的黑船紛紛避其火勢，包圍圈瞬間就裂出了一個小小的缺口。

　　「殺出去！」傑森飛奔向後甲板的木舵盤。

王者歸來

　　阿爾戈號從缺口中突圍而出，一邊開炮一邊衝進了茫茫白霧。闇影操控的黑色船隊在背後窮追不捨，但海洋墳場彷彿漫無邊際，阿爾戈號全速前進了幾刻後，眾人已開始力歇。

　　「有完沒完！」傑森悻悻地拍打舵盤。

　　「你們看前面！」蘇菲站在船首高呼，

「有光！」

　　眼前果真有一陣白光如燈塔般射穿了濃霧，
船員們見狀精神一振，立刻加快行船速度。就
在前路愈發明亮之際，阿爾戈號似乎越過了一
條看不見的界線，四周迷霧頓開，緊隨其後的
闇影發出恐懼的尖叫，然後一哄而散。那些
黑漆漆的船隻又隱沒在後面的濃霧之中。

　　眾人疑惑不解，卻也鬆了口氣。

　　此時，在蘇菲身邊靜立良久的加利斯驟然衝向船舷，狀似失神地凝視遠方。蘇菲往同一個方向眺望過去，剎那間同樣變得恍惚。

　　遠在他們視線的彼端，陽光正透過稀薄的霧氣，在海平線上勾勒出一道**巨大石橋的輪廓**。只見它孤獨地聳立在海中心，牆身大半已坍塌，中央一道**高若參天**的拱門在光線中有如鍍上金邊，依稀展示出當年雄偉的風光。

「故國……」加利斯啞聲低語，「我美麗而偉大的故國……她的榮光驅走了闇影！」

船上眾人都被眼前宏偉而奇異的美景攫去視線。蘇菲按着劍，只覺心中的騷動愈發激烈，她忍不住向戰士高呼：「加利斯！」

加利斯回首，翠綠色的眼眸泛起了激灩水光。他指向石牆遺址說：「蘇菲閣下，您看到拱門旁邊的石雕殘骸嗎？」

蘇菲凝神細看：「那是……？」

「那是守護我國的獅鷲雕像。」加利斯目不轉睛地凝視她，「我們終於回來了——」

「我王歸來了嗎？」

幽幽的呼喚出其不意地從遠方飄來，乍聽之下竟像是浩瀚的人羣在海面上齊聲說話。彷彿在回應他們似的，蘇菲感到腰間的佩劍在蠢蠢欲動。船上眾人也聽到了呼喚，紛紛四處張

望。這時，人聲再度開腔。

「是我王嗎？」

「是誰？」傑森揚聲叫喊，「快出來！」

那聲音沒有理會傑森，反而自問自答起來：「不，不是我王。」

「既非我王，來者何人？」

「有闇影的味道……」

「敵人！是邪惡的敵人！」

他們的話一句比一句激亢，最後更變得憤怒狂躁，震得眾人耳膜生疼。同一時間，加利斯好像察覺到甚麼似的，高聲向蘇菲說：「閣下，他們是──」

說時遲那時快，人聲發出了震盪天地的怒吼，海水隨即翻滾起來，掀起滔天巨浪向阿爾戈號襲去。蘇菲還沒站穩腳，佩劍就如擁有自我意識般，使勁地扯着她往船弦外飛去。

「蘇菲——！」

同伴的驚叫四起，但蘇菲來不及回應，就已連人帶劍「噗通！」一聲跌入海中，瞬間就被浪濤帶離了阿爾戈號。

海水不斷湧進蘇菲口中，她頓覺冰寒刺骨，強烈的憤恨和悲慟透過水流直灌心中，那些泣血般的咆哮猶在耳邊，幾乎要把她的神智淹沒。

朦朦朧朧間，她感到手臂被人猛地扯住，迅即就被拉出了海面。蘇菲咳出幾口海水，抬頭看見一雙綠得發亮的眼睛。原來加利斯跟着她跳進了海，又把她從海底撈了上來。

「謝謝你……」蘇菲的嗓子已咳得半啞，「其他人呢？」

　　加利斯沒有作聲，只是扶着她望向不遠處。蘇菲順着他凝重的目光看過去，便見巨浪化為數十根水柱席捲上天際，海上不少廢船已被衝散成碎片，阿爾戈號則如一塊脆弱的葉片在浪頭顛簸，彷彿眨眼間就要被覆滅其中。

　　蘇菲大驚失色，正要往阿爾戈號的方向划去時，堪比萬人齊呼的驚天咆哮再度撼動了整塊海域。數十根水柱應聲合而為一，騰空灌進石牆遺址的拱門前，赫然化身為一隻頂天立地的龐大獅鷲，仰首朝天怒嘯。

　　「這──」蘇菲被眼前的奇景震懾了心神。

　　「他們是我國臣民！」加利斯忽道，「隨我來！」

　　蘇菲轉頭已見加利斯搖身變成獅鷲，她旋即

心神意會，並躍上他的後背，振翼疾飛往海
中心。

　　與此同時，那隻龐大的獅鷲已咧開血盆大
口，俯首朝海浪中的阿爾戈號衝去。立在甲板
的船員以傑森為首，都已紛紛閉上雙眼，靜候
最後一刻的來臨。

　　「以獅鷲王之名，令你停下！」

　　一記高喝破空而至，蘇菲騎着加利斯化身的
獅鷲乘浪飛來，生死存亡之際，她在血盆大

口前高舉佩劍。眼前的龐然大物倏地停住，那雙拼合起來比船身更大的獸瞳大睜，忪忪地凝視着那把燦燦生輝的冠冕之劍。

「……我王？……」巨大的獅鷲喃喃自語。

「這是我王屬意的繼承人，蘇菲。」加利斯開口回答。

接着，他幾不可聞地歎了口氣，向蘇菲道：「閣下，這是我國臣民化身的獅鷲。」

「牠是你的故國臣民？」

獅鷲血紅的獸瞳逐漸變得清明，牠不可置信地低低呢喃：「我王的繼承人……？」

「正是。」加利斯說，「兄弟姐妹們，你們為何變成此般模樣？竟與闇影只有一線之隔！」

「當年得知我王戰敗身殞，我等不欲國土落入邪惡敵人手中，遂殉死以祭我國榮光……」

獅鷲仰首悲泣，「從此留下巨大執念留守國土，只望有天恭迎我王回歸！奈何歲月漫漫，惟有萬千敵人進犯！我王在何方？何以不歸？」

獅鷲長長的泣號驚天動地，盡數道出千萬年的亡國之恨，聞者無不心酸落淚。在海中感受到的強烈情緒再度湧進蘇菲心中，終於明白他們守護國土的巨大執念就是造成海洋墳場的原因。

可幸的是，他們堅守心中殘存的光明，才不至墮落成闇影。

蘇菲舉高劍，啞聲宣告：「王者已歸！」

「我王已歸？」獅鷲哀聲高嘯，「我王已歸？」

「我王的精魄棲息在冠冕之劍裏，她心願已償！我等將不必再在漫長的守候中墮入絕望

深淵！」加利斯抬首發出長嘯與之應和，「**守護吾王，重歸故國！**」

　　蘇菲拔劍出鞘，耀目的光華從銀白色的劍身迸射而出。

獅鷲王之劍

剎那間，白色光華化為漫天花絮灑落，遠方的石牆遺跡變回盛世中傍海的宏偉城牆，巨大的城門高若參天，門兩側聳立着獅鷲雕像，依稀是加利斯口中曾述的故國風光。

蘇菲邁進萬民來道的拱門，一路走到盡頭的王座。她回身面向萬民，朝他們高舉手中的冠冕之劍。四周歡聲雷動，疑幻似真。

一個披着黑斗篷的青年戰士從人羣中走出，只見他英俊挺拔，滿頭黑絲如墨，翠綠色的眼睛更炯炯有神。戰士來到蘇菲面前，單膝跪下。

「加利斯……？」

加利斯抬頭微微一笑，執起蘇菲的右手行吻手禮。「蘇菲陛下。」

與此同時，那個披着紅披風的棕髮女子亦從劍中幻化而出，輕吻蘇菲的臉頰。蘇菲轉頭一

看，這次終於得見她的真容——女子英姿勃發，美麗非凡，正是曾君臨九大王國之一的獅鷲王。

「我王。」加利斯親吻女王的袍角。

「我最忠貞的勇士，我的獅鷲。」女王俯身吻上他的髮頂。

美麗的女王與她的近衛長官並肩而立，回首對蘇菲嫣然一笑。

「蘇菲，我的繼承人，感謝你圓了我的心願。」

「陛下。」蘇菲說，「這是我的榮幸。」

「如今，冠冕之劍已正式屬於你。」女王撫向蘇菲握劍的手，為之送上勸喻和祝福，「寶劍雙刃，既可殺弒亦可守護，兩者只是一念之差。願你永遠保持勇敢忠誠的心，用它守護心中的珍寶。」

「守護心中的珍寶……」蘇菲細細咀嚼女王的贈言。

「正是，為守護而戰的信念才是我國最大的寶藏，希望你每次揮劍時都謹記於心。」女王笑道，「快走吧！蘇菲，永別了。」

「陛下，您們要到哪？」蘇菲急聲追問。

「蘇菲陛下，這裏僅是我等回憶之地。」加利斯回答，「如今心願已償，執念了了，我們將帶同故國遺跡與那些邪惡的闇影永沉海底，還這片海域安寧。」

在他說話的同時，四周的盛世幻影已逐漸消散，萬千臣民盡化為海上翻騰的浪花，傍海的偉大城市不復存在，僅剩下不斷坍塌的城牆和往海浪落下的磚石。

蘇菲握着手中的寶劍，喉頭哽咽，竟是說不出話來。

「我等本就是消逝於歷史長河之人。然而——」

加利斯與女王相視一笑，齊聲道：「國土雖亡，榮光長存！」

兩人的身影化為飛灰隨風逝去。盛世幻影蕩然無存，蘇菲發現自己正站在阿爾戈號的船

首，遠方的石牆已經倒塌，海面同時出現一個巨大漩渦，把遺跡的磚石連同那些蟄伏着闇影的廢船捲入水底。

「蘇菲，快來幫忙！我們要全速前進！」

傑森的叫喊從背後響起，驚醒了蘇菲的神志。她急忙與船員們合力拉起船帆，及時駛離了那個吞滅一切的漩渦。

「哈哈哈！」傑森摟着艾佛列和鐵塔大笑，「我們阿爾戈號是第一艘安全逃離海洋墳場的船！創舉啊！」小彼得從船艙的窗中探出頭來，拍手歡呼。

　　蘇菲回望大海，彷彿看見一隻巨大的獅鷲振翼飛向高空。這時四周濃霧盡散，放眼之處再無那個偉大王國的痕跡。

　　然而，她手中的冠冕之劍卻在光中閃閃發亮，訴說着一個永恆不滅的光榮傳説。

《獅鷲王之劍》完

兒童的學習

《蘇菲的奇幻之航》於《兒童的學習》中連載！

第 1 期 書籍風貌	**第 2 期** 破解福爾摩斯之謎①	**第 3 期** 潛入博物館	**第 4 期** 玩轉科學遊樂場	**第 5 期** 魔術王國的考驗
第 6 期 聖火之賊	**第 7 期** 透視世界	**第 8 期** 玩具大戰	**第 9 期** 金錢的神奇魔力	**第 10 期** 文具小秘密
第 11 期 環遊世界過新年	**第 12 期** 破解福爾摩斯之謎②	**第 13 期** 從生產到零售	**第 14 期** 圖書館	**第 15 期** 寵物的誕生
第 16 期 銀幕背後	**第 17 期** 生病的秘密	**第 18 期** 漂亮有趣的垃圾	**第 19 期** 文字藝術	**第 20 期** 看大偵探福爾摩斯學寫作！①

奇幻之航
SOPHIE'S FANTASTIC VOYAGE ④
—— 獅鷲王之劍 ——

著•繪 / 燕男　　監製 / 厲河

總編輯 / 陳秉坤　編輯 / 盧冠麟、郭天寶、黎慧嫻
封面設計 / 葉承志　內文設計 / 葉承志、麥國龍

出版
匯識教育有限公司
香港柴灣祥利街9號祥利工業大廈2樓A室

承印
天虹印刷有限公司
香港九龍新蒲崗大有街26-28號3-4樓

發行
同德書報有限公司
九龍官塘大業街34號楊耀松（第五）工業大廈地下
電話：(852)3551 3388　　傳真：(852)3551 3300

第一次印刷發行　　　　　　　　　　　　　2017年10月

想看《蘇菲的奇幻之航》的
最新消息或發表你的意見，
請登入以下facebook專頁網址。
https://www.facebook.com/clhk2016/

翻印必究

ISBN:978-988-77860-9-2
港幣定價　HK$60
台幣定價　NT$270

若發現本書缺頁或破損，
請致電25158787與本社聯絡。

網上選購方便快捷　購滿$100郵費全免
詳情請登網址 www.rightman.net